기린과 부츠

시작시인선 0396 기린과 부츠

1판 1쇄 펴낸날 2021년 11월 12일
지은이 윤송정
펴낸이 이재무
책임편집 박은정
편집디자인 민성돈, 장덕진
펴낸곳 (주)천년의시작
등록번호 제301-2012-033호
등록일자 2006년 1월 10일
주소 (03132) 서울시 종로구 삼일대로32길 36 운현신화타워 502호
전화 02-723-8668
팩스 02-723-8630
홈페이지 www.poempoem.com
이메일 poemsijak@hanmail.net

ISBN 978-89-6021-593-1 04810
      978-89-6021-069-1 04810(세트)

값 10,000원

*본 서적은 2021. 대구광역시 DAEGU METROPOLITAN CITY , 대구문화재단 Daegu Foundation for Culture 경력활동지원사업으로 발간되
 었습니다.

기린과 부츠

윤송정

천년의 시작

밤길을 걷고 있었다
춥고 두려웠다
별안간 초신성이 다가왔다
반짝이다가 나는 타오르기 시작했다

차 례

시인의 말

제1부

제1부

홈 타운

골목이 서 있다, 직립의 나무처럼
큰길이 작은 길을 쪼갠다

우듬지에 종점을 이고 가지엔 집들을 총총 매달았다
소행성이 추락한 듯
마을이 하늘에 근접하다

뿌연 먼지를 토하며 숨찬 버스가 올라오고
종점의 막사를 두른 검정 비닐 자락은
푸드덕푸드덕 손을 흔든다

도넛처럼 줄로 엮인 검정 바퀴들은
비행의 습성이 붙은 지붕들을 바싹 잡아당긴다

골목들의 근육이 팽팽하다

그물 같은 길의 잔가지에 발목이 걸려 넘어지는 사람들이
우듬지까지 올라 별자리를 보고 다시 나서기도 하는
우주 속 정류장 같은

튤립의 집

두 평짜리 옷 가게에 토르소 두 개가 있었다

마술사가 검정 보자기를 씌운 사각 상자에서
튤립을 연신 꺼내던 모습을 떠올려
튤립의 집이라 이름 지었다

투명한 지붕 위 늘 구름이 둥둥 떠다녔다

토르소 목에 목걸이를 걸어 주고
구름의 끈으로 여러 개의 얼굴을
하루에도 여러 번 붙이고 떼고 붙이고 떼고

얼굴이 없어 더 많은 얼굴을 가질 수 있고
손목이 없어 더 많은 새를 부를 수 있다며
모습이 다른 옷들을 바꿔 입히면서 속삭였다

지붕 위에서 회색 구름이 자주 비를 게워 냈지만
토르소 허기진 속이 어미의 배 속 같았는지
구름과 비를 받아먹으며 구근이 여물어 갔다

>

노란색이면 좋겠다고 생각하는 날

나는 토르소의 목을 열고 노란 모자를 쓴 튤립을 꺼냈다

마술처럼 노란 봄이 튀어나왔다

발의 에세이

1.

바닥에 닿아야만 일어설 수 있습니다
심장에서 가장 멀고 낮게 자리한 두 발입니다
군데군데 사금파리에 찔리고 멍 든 자국 선명합니다

2.

샤워실에서 젖은 내 발자국에 걸려 내가 넘어졌습니다
움찔 바닥이 놀라는 힘줄의 파열음
여러 가닥 길이 한꺼번에 끊겨 나가듯 아프게 들렸습니다

과적으로 뒤집어진 부판의 발처럼
딛고 설 수 없는 두 발이
허공에 헛발길질하고 있었습니다

흰 붕대를 겹겹이 감은 발을 안고 잠들었습니다
해변의 모래사장을 꿈인 듯 걸으면서
어지럽게 찍힌 무수한 발자국들을 돌아보았습니다

나도 처음 만나는 나의 발자국들
밀려드는 파도에 반쯤 지워진 발자국들은

모래톱 사이에 숨어 젖어 있었습니다

그 밤
발자국 하나하나에 신발을 모두 신겨 주었습니다

편애

　꽃밭이 아니라 풀밭이란 말을 듣는 순간 풀꽃들의 봉우리가 폭발했다 청향의 입자들이 바람을 타고 허공에 둥둥 떠다녔다 발 없는 것들이 보란 듯이 나비를 쫓아 담장 넘어 멀리 갔다 오기도 하고 잉잉거리는 벌들의 날개를 건드려 보기도 했다

　장미가 좋지 풀꽃이 뭐야

　시퍼런 칼날이 지나가고 두부처럼 베인 화단 모서리마다 작은 녹색 봉분이 생겼다 천방지축 돌아다니던 어린 향들이 집 잃은 영혼인 듯 봉분 주위를 배회했다 푸른 피를 흘리던 풀 무덤이 썩은 내를 쏟아 냈다 아파트의 방들, 마당, 마당의 허공까지 풀 무덤 속으로 흘러들었다

　사람들이 코를 지우며 걸어 다니고 두통을 앓으며 토악질을 하는 동안 발목만으로 서 있던 화단이 푸른 짐승처럼 몸집을 부풀려 갔다 지난 설움은 두엄이 된 듯 삼손의 머리카락처럼 억센 풀덤불을 세우고 계절 늦도록 꼬리풀과 개여뀌가 수두룩 빽빽했다

감자

칼이 지나간 단면을 한 겹 흙으로 감싸고 눕는다
햇살을 통과시켜
감자는 상처를 스스로 꿰맨다

까무러쳤던 의식이 어둠 속에서 깨어나고
생장판이 실눈을 뜬다
도화선에 불을 붙이고
꽃대를 밀어 올려 대지 위에 제 빛깔의 깃발을 꽂는다

단추를 채우듯 줄기에 감자를 채운다

발가락도 손가락도 둥근 감자로 나아가는 감자의 증식성

상처도 둥글둥글 감자로 아물고
빗물도 둥글둥글 감자로 맺힌다

몸이 기억하는 유전의 길이어서
어둠 속을 달려도 탈선을 모르는 줄기가
수없이 복제된 자신들을 데리고 캄캄한 동굴을 건넌다

하나의 왕국을 세우는 법을 감자는 알고 있다

기린과 부츠

목이 자꾸 자라고 싶은 구두였다

분홍신 세화에서 산 기린 무늬 부츠는
처음 보는 순간 내 발을 입에 물고 놓아주지 않았다

폭신하고 사랑스런 긴 목이
높은 나무 우듬지를 찾아다녔다

허공에 목을 걸어 놓고 사방 두리번거리며
넓은 초원 구석이나 숲속 외진 비탈길에서
키 큰 나무 열매를 훑고 다니는 행보가 고단해
밤마다 긴 목들이 서로 비벼대며 잠들었다

몇 번의 건기와 우기를 건너다니다
아카시아 숲속에서 굽이 툭 떨어져 나간 후
벌어진 밑창에는 흙모래가 비집고 올라왔다

목을 타고 오르는 흙냄새에 코를 킁킁대던 구두가
무겁고 축축한 내 발을 풀어놓았다

\>

땅에 목을 늘어뜨리고
갈라진 밑창으로 흘러 들어오는 소리를 듣는다
뿌리들이 퍼 올리는 물소리
애벌레들이 사각거리며 허물 벗는 소리

오늘도 현관 구석에 엎드린 늙은 기린 한 쌍 버리지 못했다

오독

어둠을 두드리는 소리 잠결에 들린다
토독토독
부전나비 한 마리
자신을 한입에 빨아들인 독의 깊이를 재고 있다

황급한 날갯짓

꿀샘 만개한 꽃밭 발치에 펼쳐 두고 헛디딘 한 발
빛과 어둠의 경계에 자신을 세운다

절정으로 치닫는 미친 그리움
꽃길 하늘길 가물거리기만 하는 난독증

퇴로를 열고 어둠을 끄고
밖으로 내보내려 자꾸 쫓아 보는데
구석으로만 파고드는 눈먼 날갯짓

화석으로 굳어진 날개의 영롱함
아침 햇살이 다가와서 자꾸 찔러 본다

>
날아오를 수 없었던 깊은 독
생이 오독이었다는 것을 나비는 마지막까지 몰랐을까

안개

어느 골짜기 얼어붙은 영혼이었다가
누가 부르는 듯 사방 푸르게 피어오른다

긴 혓바닥 뻗어
달려오는 길을 한입에 삼켜 보고
호수에 발 담근 버드나무 머리채
꽁꽁 감싸 안아 보기도 하는데

근육 없는 심장
누구도 관통하려 들지 않는 슬픈 광기

허공에 머리만 내놓고 둥둥 떠가는
저 높은 사원의 탑
긴 다리가 바닥을 짚을 때
일출의 문짝에 끼어
햇솜처럼 갈라져 바닥으로 스미는

잠깐의 방황이 생애 전부인 것들

바람의 모퉁이

맘껏 날아 보고 싶어 바람이 된 나는
새들도 바람의 모퉁이에 둥지를 트는 것을 알았지

산등성이 너럭바위에 몸 눕히고 쉴 때도
바람 부는 쪽으로 기울어지던 고향 집 떠올라
뒷마당 젖빛 단술 항아리째 들이켜고 싶었지

돌담 모롱이 휘휘 돌아 싸리문 들어서자
댓돌 위엔 흰 고무신 오도카니 앉아 있었지

멍석 위 붉은 고추 뒤적뒤적거리면서
작은 방 쪽문 틈으로 마른 고욤 같은 어미를 보았어
글썽대는 눈은 차마 바라보지 못했지

바람은 머물면 바람일 수 없고
바람의 발목은 잡을 수 없어
담장 넘어 느티나무 그늘 밑을 어느새 지나가고 있었지

총알택시를 탔다

속도의 탄환을 가득 장전한 택시를 콜했다
네 개의 바퀴가 노면에 닿지 않는
바닥을 굴러가기보다 날아가는 편이 좋다는 주문을 했다

기사가 속도의 방아쇠를 연신 밀고 당겼다
비행하던 검독수리가 점이 되어 등 뒤로 사라지고
다가오던 산들이 총구를 피하느라 황급히 물러섰다

북천의 땅도 잠깐이면 밟을 수 있다고
허공에 걸린 미러에 시선을 맞추며 기사가 큰소리쳤다

공중에서 브레이크를 꾹꾹 밟으며 헛발질을 해댔지만
속도는 칼날 같은 이빨을 숨긴 채
차갑고도 고요히 가라앉아 길과 한 몸이 되었다

─총알이 발바닥을 스치는 기분이 어때요?
─발끝에 날개가 돋는 것 같아요!

기사가 브레이크를 밟았다

속도의 이빨 자국이 길의 표피에 깊고 길게 박혔다

가물치

난산의 고비 후
부실해진 다리로 자리보전할 때
어미는 낡은 소반에 미역국과 쌀밥을 수시로 챙겨 왔는데
언제나 갯벌처럼 무성하게 풍겨 오던 미역국의 비린내

가물치를 낳는 목련이 있었을까

뒤란 목련 아래 갈색 고무 다라이에
등 검고 실한 가물치 여러 마리 엎드려 있었어

비린 것은 만지지도 입에 대지도 못하는 어미가
달구어진 미역국 솥에 성난 가물치 날아오를 때
죄지은 듯 떨렸으리

목련 꽃비 쏟아지던 봄날
나의 다리가 한참 초록 도화선을 밀어 올리고 있었어

새, 틀뢴[*]

허공에도 말뚝이 있다

찌는 듯한 여름밤 15층 벼랑에
목줄 대롱대롱 묶인 엘리베이터
손에 든 아이스크림이 식은 땀방울로 흐르고
폐소공포증이 살아나 발을 굴리는데
견고하게 입 다문 사각 상자는
빛 한 줄기 허락하지 않았다

소리도 동작도 캄캄한 틀뢴, 틀뢴의 영역

새들이 지붕을 이지 않는 이유를 알았다
곤줄박이 한 마리 창문으로 날아들어
출구를 찾아 미친 듯 날갯짓하던 모습

말캉하고 따스한 몸을 조심히 날려 주던 이가 있었는데

─누가 나를 날려 주세요 밖으로 나가야 돼요 밖으로
─정신이 드세요

>
수직의 동굴 속에
위로도 오르지 못하고 아래로도 닿지 못한 영혼이
황망히 헤매다 다시 찾아왔을까

밤마다 꿈을 꾼다
날개 돋은 사각 상자에 실려 동구 밖 은사시나무 숲을 맴
돌고 있는

* 틀뢴: 관념의 세계에 존재하는 혹성의 이름.

밥

쇠똥구리가 지구를 굴리네
고분자 공학도 따를 수 없는 원을 빚어
몸뚱이 굴렁쇠 뇌어 곳간까지 굴리네
별빛을 경단에 버무려 가며
은하의 밤도 오차 없이 건너가네

새끼의 밥이 하늘이고
세 끼의 밥이 땅이라네

세상에는 쇠똥구리 가장이 많아
굴리던 쇠똥 경단에 깔려 바스라지기도 하는데
굴리던 굴렁쇠에 깔려 먼지가 되어
허공으로 날아오르기도 하는데

밥그릇은 동그란 무덤이었다네

동그란 무덤 앞에
찰진 고봉의 흰쌀밥 한 그릇이 영혼을 따라가네
하얀 김 피워 올리며

죽음을 잊은 새

폭설이 내리던 날
날갯짓도 서툰 새를 날려 버렸다

눈 위에 찍힌 붉은 발자국 따라
예까지 왔을까

늑골의 건반 아래 갇힌 새

눈 내리는 소리 들으며
까무룩 잠들기도 하고
바람의 풀무질 따라 휘파람 불기도 하면서
리듬에 길들여진다

이제 날아 볼까
깃털 돋은 것들은 비상의 힘이 숨어 있다지

죽음을 잊은 새

양쪽으로 펼쳐진 계단의 한끝을 힘껏 잡아당겨
날개에 바람을 실어 준다

윙컷*

모래실** 이발사가
새처럼 작은 신부에게 푹 빠졌지

시장 갔다 왜 이렇게 늦은 거야
원피스 길이는 왜 그렇게 짧은 거야
대낮에도 신방을 뻔질나게 들락거렸지

깊어 갈수록 두려운 사랑이라고
모래실 산새들이 입 모아 소곤거렸지

윙컷 윙컷 실핏줄은 다치면 안 돼
비행 깃털 몇 장 살짝 다듬듯이 해야지

바람에 눈부시게 흔들리던 신부의 긴 머리채가
불규칙한 상고로 컷되던 날
새들의 핏빛 절규가 허공을 찢었지
돌담 위의 박꽃이 하얗게 질렸지

자줏빛 눈두덩에 박가분 찍어 바르고
빗살무늬 머리 스카프 쓰고 집 나간 신부는

다시 날아오지 못했지

세르비아 이발사도 제 머리는 못 깎는다잖아
모래실 새들이 가지마다 모여 조잘거리지

* 윙컷: 멀리 날지 못하게 하는 새의 비행 깃털 자르기.
** 모래실: 시골 마을 이름.

먼지와 춤을

바람이 날개의 본능을 흔들어 깨우네요

겨드랑이가 가려워요
줄 선 버즘나무 잎새에 뺨 비벼 보고
허공을 찢고 날아가는 새의 깃털에도 스며들어요

바람을 탄 가오리연은 구름과 함께 놀고 있네요
하늘을 만지는 기분은 어떨까요

양털 구름처럼 폭신한 그대와 나의 방이
허공 어디에 두둥실 떠 있을 것 같아요

풍성한 목초지가 구름 위에서 우릴 부르고 있어요

검은 발톱을 치켜세운 빗줄기가 지나가요
지붕 없는 우린 서로 젖은 춤을 추지요

분홍 신을 신은 무용수처럼
멈출 수 없는 춤을

제2부

야누스

말도 없이 슬쩍슬쩍 자리 비우는 나를
수시로 찾아 나서는 내가 있다

대문 나서 걸어가던 신발이
가로수 그늘에 멈춰 가방 속을 들여다보며
아침 내내 챙겨 온 소지품들 이리저리 뒤적거린다

뒤통수엔 언제나 끈적한 공기 따라오고
자주 꺾어 신는 신발 뒤축은 낡고 힘이 빠졌다
가방 입도 너덜너덜한 채 주름 수북이 잡혔다

벽에 걸린 사진과 풍경화도 잠든 밤
싱크대 위, 그릇들도 엎드리어 잠들었는데
내 속에 누워 잠든 내가 발딱 일어난다

신발을 거꾸로 신고 걸어가듯
발자국을 되짚어 보고 가야 하는
내 속에 또 다른 내가 나를 따라다닌다

긴긴 기차

첫째 칸도 마지막 칸도 보이지 않는 기차가 오네
아침에 피운 꽃을 저녁에 망가뜨릴 기차가 오네

빨리 돌아가는 팽이의 구심점같이
스치는 동작마저 느낄 수 없는
신출귀몰 술래가 오네

꼭꼭 숨어라. 머리카락 보일라

하반신이 녹아 사라진 승객이
먼지처럼 가벼워져 앞 좌석에 앉아 있고
머릿속에 구름을 키우는 승객은
구름을 꺼내 씹으며 뒷좌석에 앉아 있네
영혼 이탈한 승객들은
안전벨트를 꽉 채우고 차창 옆에서 졸고 있네

역장도 승무원도 없이
행선지도 종착역도 모르는 기차가 위풍당당 오네
핏빛 맨드라미 줄 서 있는 간이역을 통과하네
꼭꼭 숨어라, 머리카락 보일라

>
엊그제 맺은 자귀나무 열매를 떨어뜨려 밟으며
붉은 사과처럼 탱탱하던 당신의 살갗을
사선 무늬 종이처럼 확 구겨 버리기라도 할 듯이
망나니 같은 기차가 지나가네
기적도 없이 트랙을 돌아가네

풍장

어둠을 마셔야 살 수 있는
알비노*처럼
어둠 밖의 길이 두려워
뿌리째 흔들어도 끌려 나오지 않는다

잔뿌리 내린 자리
누구에게도 내어 줄 수 없다고 버틴다

칠월 작두콩처럼 탄탄하게 영글었던 어금니
동굴 속 긴 노정의 길이
맵고 짠 시간에 비벼 삼켰다

몸집 작았으나 발자국은 컸다
붉게 파인 허방에 뜨끈한 체온이 고였다

실바람에 매달려 나온 이를 지붕 위에 던져 주던 사람
이 있었다

종신의 징역에서 풀려나 여기서부터는 자유다

>
큰 새처럼 날아 봐

* 알비노: 백색증.

방 밖의 방

방들이 방방 뜬다

방들을 착착 포개어 혈족처럼 끼고 다니는 당신

기댈 곳이 많아 좋을 거라 말하면
오히려 잠들지도 쉬지도 못한다 한다

문을 나서면
영화관 명품관 최첨단 게임방까지

설국열차를 타고 백야 속을 흑기사처럼 달리고
낙타를 타고 사막을 건너
맨발의 싯다르타를 만나기도 한다는 방들

촉수를 세우고 당신을 따라 들어간다

한 마리 파충류로 변한 마우스가
동굴 속 빙벽을 타고 추락하고 오르고 추락하면서

곁에 있는 나만을 인식하지 못한다

\>

푸른빛이 유령처럼 식탁 위를 번득이며 흘러 다니는
방 밖의 방에서 홀로 모래 밥을 씹는다

붉은 물결

낮은 곳으로만 흐르던 물이 짐승처럼 울부짖었다

태풍이 몸집을 불려 주던 날
강에서 괴물이 걸어 나왔다

늑골에 감긴 소화되지 않은 비닐 조각
내장을 찔러대던 사금파리
푸른 실핏줄에 검게 쌓인 폐수들
우르르 우르르 쏟아 낸 괴물은
거대한 몸통으로 방축을 무너뜨리고
분노처럼, 슬픔처럼, 출렁거리며 마을로 돌진했다

사냥감을 쫓던 야성이 살아난 듯
붉은 지느러미 바람에 펄럭거리며
억센 이빨 사이로 펄 물을 토했다

왕관처럼 빛나던 자운영 들판도
다리 난간에 매달려 흔들리던 가녀린 풀꽃도 쓸어 버렸다

가장 부드러운 것이 가장 잔인해지는 순간 빛은 꺼졌다

괴물의 무릎 아래 폐선처럼 침몰한 마을

노아의 방주처럼 목 잘린 지붕이
붉은 소를 태우고 둥둥 떠다니는 괴물의 왕국

도심의 블루

다리를 포기하고 꼬리지느러미를 선택한 고래를 생각한
다 제 모습을 좀처럼 보여 주지 않던 고래가 지난밤 검푸른
파도를 몰고 나에게 왔다 물결무늬 천장과 벽이 온통 전율
했다 그의 지느러미가 나를 난바다로 데리고 갔다

지느러미와 등껍질의 감촉이 낯설지 않고 포유류의 숨소
리와 비린내가 코에 배었다면 전생에서 이생으로 건너올 때
고래의 옷으로 바꿔 입은 나의 종족일 수도 있다 그의 늑골
이 출렁이는 바다를 길어 올려 분수공을 쏘아 올린다 비상
하는 파고를 부수어 무지개를 짓는다
그랑블루그랑블루 파도는 몸통을 올려 주는 장대였다 까
마득히 높은 방파제를 높이뛰기 선수처럼 뛰어넘는 그를 보
았다 수심이 얕은 바다는 그의 집이 될 수 없다 무현금의 수
평선과 녹슬지 않고 철썩거리는 심해만이 천만 년 유전자를
받아 적는 서사가 된다

부레가 없는 당신과 나, 도심의 바다를 향해 분수공을 쏘
아 올린다
우리는 고래와 한 무리가 된다

수밀도

복숭아 껍질처럼 까칠한 입덧으로
밥 대신 수밀도 드시고 날 낳으셨다는 어머니
수밀도 살 한 점이
내 살 한 점이라시며
올해도 생일에 수밀도 보내셨다

골짜기 작은 집에 누가 살고 있나요

분홍빛 둥근 몸에 귀를 대 본다
친정 뒷산 솔바람 소리 타고 여린 숨소리 들린다

복사꽃 진 자리
허공을 둥글게 도려
뜨겁고 비린 핏물의 과육을 쟁여 담더니
몸속에 자줏빛 어린 몸 하나 거두었다

소멸이 탄생을 낳는다며
손톱만 닿아도 껍질 벗겨지고 단물 주르르 녹아 흐른다

몸속의 작은 내 몸 빛의 세계로

이브의 사과

열매를 빼곡히 매단 사과나무가
붉은 허공 한 채 높이 들어 올렸다

덜 익었어 달지 않아

이브의 젖가슴 같은 사과 한 알
뚝 따 베어 물고 이빨 자국 낸 채
남자는 사과를 언덕 아래 던졌다

구름에 순교한 남자가
쭈그러진 구두에 늙고 야윈 발을 담고
옛집을 찾아오다가
구부정한 허리 사과나무 그늘에 기대었다

툭! 크고 빛나는 사과 한 알 남자의 정수리에 떨어졌다

쿠르디[*]

눈시울 붉어진 해안에 파도가 들락거린다

신열 앓던 바다가
조개껍질처럼 가벼운 아이를 안고 와
모래톱에 눕힌다

모래 무덤이 어미의 젖무덤인 듯
얼굴 파묻은 아이를
파도가 흰 지느러미로
발을 만져 보고 얼굴을 쓸어 본다

아이는 잠 속에서 즐거운 집을 찾았을까

꽃잎 같은 발이 검고 비루한 땅을 버리기로 한다

먼 행성을 향하는 아이에게
지중해를 건너던 파도가
반짝이는 소라를 코란처럼 손에 쥐여 주고
바닷새의 희고 큰 날개를 등에 달아 준다

* 쿠르디: 시리아 난민 소년.

상처의 아랫목

한 입 한 입 삽날이 붉은 흙을 베어 문다

솜털 보송한 홍매화 한 그루
햇빛도 빗물도 흠뻑 마셔 발 쭉쭉 뻗어 가며 자라도록
아랫목 하나 만든다

삽날이 지나가자 움푹 파인 자리에
몸통 잘린 지렁이가 꿈틀거린다

아랫목은 누구의 상처일까

땡볕과 바람을 잠재울 자리가 그리웠다고
모른 채 눈 내리감는 꽃들
주검까지 양지바른 아랫목에 눕히고 싶어 한다

환생하듯
철마다 봉분 위에 개망초 화르르화르르 핀다

상처는 아랫목의 두엄일까

둥글게 파인 자리에 잔설이 눈물처럼 고여도

흰빛

질긴 섬유질의 햇살 한 올
흰빛을 낳아
맨발의 바람이 그 빛을 키웠나

몸을 허락하고도
돌아누워 눈두덩을 닦는
밤거리 여인의 손바닥이 서러운 흰빛이다
싸다 장터에 나앉은 몸값 싼 두부
말랑한 살갗
질겅 억센 이빨 아래 으깨질 때
시린 흰빛 영혼처럼 반짝거린다

몸과 맘이 섞이지 못한 불편의 틈새에 피는 석화

흰빛의 가혹함은
한 가닥 유채색도 받아들이지 못하여
흰빛이기 위해 흰빛만을 고집하다
석회질의 흰 섬이 된다

순결의 상징이라 부르지 말자
서로 손잡을 수 없어 응고된 빛의 사리일 뿐

예수와 두부

녹슨 철 대문이 열린다
어둠과 밝음이 안과 밖에서 마주 본다

남자가 어둠을 밀고 나온다
햇살의 부심에 눈을 비비는 남자에게
누군가 비닐봉지를 건네자
성호를 긋고 두 손을 모은다

―주님의 피와 살을 먹겠나이다
빛을 찾겠나이다

이빨 사이에 으깨지는 두부가 눈발처럼 시리다

그해 겨울
얼어붙은 도심 속 지하도 바닥에
천 가닥의 바람이 훑고 지나가고
남자는 배 속에 든 사탄을 죽이지 못한다

담 높고 지붕 넓은 그 집을 사람들이 큰집이라 불렀다

>

—십자가를 속인 죄를 보태어 제발 오래 큰집에 묵게 하
소서

자유보다 목마른 빵
목줄을 자청한 개는 부자유에 순해진다

남자가 다시 큰집에 귀가한 계절은 그해 겨울이 끝나기
전이다

능소화

한여름 그의 뜨락에 서 있었다

때마침 장대비 내려 젖고 젖어도
타오르는 빛 꺼지지 않았다
기다림으로 피는 꽃이라
낯빛은 더욱 붉어져 갔다

발소리 들리려나
절벽 같은 담장을 맨발로 기어올랐다

줄기를 한껏 뻗어
하늘 한 자락 움켜쥐고
텅 빈 허공에 온몸 깊이 던졌을 때
없는 품에 기댄 품
그의 체온 햇살 되어 전한 듯한데

후드득
능소화 꽃숭어리 순장 치르듯 발아래 떨어지는 소리

아주 짧은 꿈이었나

마스크

내 문을 내가 닫은 적 없는데 왜 잠겼을까요

위험한 계절인가요
꽃 피울 때가 아닌가요
긴 가지로 밀어 봐도 하얀 채로 잠겼네요

맺었으면 폭발하듯 피고
피고 난 후 헤비메탈 떨어지고 싶은데
피지도 떨어지지도 못한 말 꽃봉오리
문전에서 서성거려요

영혼의 꽃들이 낙화해요
절정을 맛보지 못한
죽은 말들의 시체가 명치끝에 파묻혀요

제 속에 제 무덤을 판 꽃들이 지금 발효하고 있어요
움직일 때마다 숨구멍 털구멍으로 냄새가 흘러나와요

아시나요
백합이 죽을 때 가장 아픈 냄새가 난다는 것을

제3부

감기

꽃도 바다도 흔들린다
모래톱 위에서 날갯죽지 활짝 펴고
푸른 갈매기 되고 싶었는데

오랜만에 찾아온 그가
열꽃을 피우며 달려들어
한 몸 되어 침대에서 뒹굴자 했다

한참을 들볶다가 지친 그가
너무 오래 머물러 미안하다며 돌아서려는데
제발 오지 말아 달라 호통을 치려다가

아차, 비곗살로 두꺼웠던 뱃가죽이
어느새 홀쭉해진 것을 쓰다듬어 보고
헛것이 배를 꽉 채울 때
그때 다시 찾아 달라며 등 두드려 보냈다

유달리 아프고 뜨거웠던 봄날이었다

빈 둥지 증후군

간밤 태풍이 사납더니
뒷산 비탈에 선 느티나무 한 채
쿵! 뿌리째 넘어졌다

우듬지에 새 둥지 매단 그늘 두텁던 나무
뿌리가 하늘을 보고 누웠다

태풍의 순간
뿌리는 흙을 떠나지 않으려고 몸부림쳤을 테지

서로의 간절함이 스민 듯
벌어진 상처가 굴처럼 깊고 캄캄하다
손바닥으로 쓸어도 쓸어도 감기지 않는 눈처럼

언젠가 나는 그런 눈을 본 적 있다

예고 없는 돌풍에 휘말려
아이가 저 느티나무처럼 쿵! 쓰러졌을 때
당신은 아이의 발이 따뜻하다며 자꾸자꾸 쓰다듬었는데

>

뻘밭 같기도 하고 무덤 같기도 해 눈물도 길을 잃던
그때 당신의 눈을 오늘 다시 만났다

동창회

윗도리를 벗어 걸듯
우리는 우리의 시간을 벗어 벽에 걸어요

오늘은 아이들 날이에요
우리 속에 사는 아이는
우리를 어른으로 키워 준 아이들입니다
아이들은 더 이상 자라지 않아요

삐걱거리던 나무 의자 기억 때문일까요
의자가 있는 식탁을 선호해요
벽에 걸린 채 우리는
해바라기 같은 아이들 얼굴을 둘러보아요

시간을 담은 가방을 메고 한 아이가 들어와요
소풍 때 찍은 사진을 꺼냅니다
해바라기 압화 같아요

도시락을 먼저 까먹던 아이가 밥을 먹고 벽 거울을 봅니다

아이의 얼굴 뒤로 우리는 재빨리 우리 얼굴을 감춥니다

>

가을 저녁은 짧고 빨리 저물어요

아이들이 잠들 시간입니다

아쉬움을 툭툭 털면서 각자의 아이들을 품속에 넣어요

우리가 사라져도 아이들은 서로 만날 거라 생각하면서

마가목에 취한 새

작고 동그란 유리 감옥이
형량 높은 죄수처럼 끝까지 그를 가두었다

비닐 자락 펄럭이는 포장마차에서
소주를 병째 들이켜고
폐수가 흘러가는 강둑 지나 후미진 골목 어디쯤에서
쓰레기 봉지 속에 자신을 구겨 넣었다

흔들리는 빈 그림자를 끌고
집으로 가는 날이 쌓여 갈수록
방 속 유리 탑의 키가 부쩍부쩍 자랐다

정처 없는 개처럼 마른 눈빛 몇몇이
탑 주위를 맴돌다가 소리 없이 떠났다

비상하던 날개가 퇴화한 까닭은 알 수 없었다

작고 동그란 술병이 자신을 녹여 마신다고 느낄 뿐

마가목 열매를 따 먹다 추락한 새처럼

한여름 도로변 꽃밭 위에
어지러이 흔들리던 날개를 널브러뜨린다

하얀 꽃대들이 갈증에 시들어 갔다

비

제 몸 냄새를 실어 보낸다
가뭄의 골이 깊을수록 짙고 싱그럽다

비비추 긴 목 빼고
자귀나무 배롱나무 기지개 켜고
붉고 푸른 숨 쉰다

목마른 모든 것들이 반짝이며 피어난다

열병으로 아랫목에 널브러져
병든 강아지처럼 야위어 가던 어느 해

시들어 가는 나를 꽃피우기 위해
총총걸음 약사발 들고 들어서시던 어머니

치맛자락에 묻어오던 풋풋하고 비릿한 비 냄새

유령

그녀는 유령이 되었어
자신을 전부 잃었지만 아들에게 갈 수 있었어

불꽃 튀는 고지에서 아들은 목숨 건 전투를 하고 있었어
너울너울 아들 뒤를 따라가던 그녀가
저 험한 고지를 덮은 검은 구름을 예감했어

출렁대는 치마폭으로 아들의 발길을 가로막았어
투명한 두 손은 아들의 두 눈꺼풀을 쓸어내렸어
아들이 매화나무 밑동에서 잠이 들었어

―아들아, 푹 자려무나 어미가 대신 싸울게!
자신은 바람 속을 떠돌아도
아들은 매화처럼 피어나라 주술을 걸었어

잠을 깬 아들의 눈앞에 전쟁은 승리였고
긁힌 자국 하나 없는 아들의 손바닥엔 매화 꽃잎이 쥐어
져 있었어

꿈에 어머니가 다녀가셨네

달빛 칵테일

그림자만 있고 발자국이 찍히지 않았다

설원 속 원두막이 밀짚모자를 쓰고 있었고
저체온의 달이 우리 뒤를 따라 들어왔다

달을 얇게 저며 넣고
눈을 두어 스푼 떠 넣어
레몬 빛깔 술을 칵테일 해 마시면서
주술을 부르듯 우리는 칵테일 잔을 밤하늘에 흔들었다

달의 접신이 시작되었을까?
신이 온 원두막이 밀짚모자를 빙빙 돌리고
원시인의 춤을 발목 잃어버릴 때까지 춘 우리
새벽잠 깨어서 알았다

설원은 비닐하우스 위에 세워진 허상이었나
막 내린 가설극장처럼 허허로운 무태* 들판
바람모지 속에 비닐 자락만 푸드득푸드득거렸다

강한 주술은 긴 효험이 있어

밀짚모자 쓴 원두막에서

발목을 잃어버리고 싶은 샤머니즘 병증이 수시로 찾아온다

* 무태: 대구 북구에 위치한 넓은 들판.

이명

고향 뒷산 솔숲을
울음으로 키워 오던 매미들이
한여름 끝자락
거처를 어머니 귓속으로 옮겼다

풋잠 가랑가랑 주무시다가
—이놈들이 날 하늘로 떠메고 올라가네
어지럽다 이놈들아

어머니는 요즈음 우주선을 자주 타신다

굵은 빗줄기 쏟아지고 우레가 내리쳐도
나무둥치에 매달리던 가녀린 다리
긴 세월 투명한 날개 따갑도록 말려
한철 까맣게 몸 태우는 매미처럼

일생의 추수가 눈물이었던 어머니

이제, 울기를 끝낸 마른 매미처럼 사위어 간다

등 굽은 소나무 들창 너머 들여다보는데

골든 타임

수천수만의 숨결 마라강을 덮고 초원까지 번진다

얼룩말의 희고 검은 줄무늬처럼
강물에 새겨지는 빛과 어둠의 갈래

어미 곁에 있던 새끼가 사라지고
새끼 옆에 있던 어미가 사라져도
각인된 길인 듯 묵묵히 건넌다

탐스러운 엉덩이 천적의 이빨에 찢기고
붉은 물거품 허공에 용솟음치는
네 발의 허우적거림 멈추는 동안

죽음이 살려 낸 길

천적이 발목을 잡아당기는 속도보다 빠르게 강을 건너는
저 가쁜 숨

목격자

고라니 울음 소란한 그믐밤
다리는 검게 젖어 떨고 있었지

절벽 아래를 내려다보던 남자
무표정이 얼음처럼 차가웠지
허공에 매달리던 엇박자 발자국이
난간에 우뚝 멈춰 서
절뚝이는 다리에 힘을 실을 때

한 잎의 낙화를 막을 수 없어
검게 젖은 다리는
육중한 제 가슴을 마구 두드렸지

해안선 밖으로 밀려난 어족처럼
등지느러미 파닥거리며 공중 파도에 실려
검게 벌린 허공 바다에 삼켜질 때
한 잎의 낙화를 붙잡을 수 없어
다리는 수도 없이 발을 굴렀지

25시 백치의 시간이 잠깐 흘렀을 뿐

>

발치 아래 벗어 놓은 신발 한 켤레

검게 젖은 다리는 떨고 있었지

파도의 문체

편지 속엔 물오징어 비린내가 묻어 있었다

파도가 해안선 문턱에서
제 몸을 부수고 포말을 뱉어 내듯
달려오는 바다를 안고
그녀는 하얀 성을 허물어 버렸다

바다의 두 팔이 해를 받쳐 올리면
해안선의 긴 팔이 끌어당겨 주었다

그들은 서로의 바다가 되었다

담이 없는 집 마당에 무성하게 번진
수국이 바다를 바라보며 파도의 키를 재고
그녀의 귀도 쉼 없이 바다의 음계를 듣는다

쪽빛 바다가 거센 바람에 찢겨 펄럭이고
등잔처럼 붉은 눈으로 몇 밤을 꼬박 앉아 새운 그녀

날개 지친 갈매기가 물어다 준 편지 속엔
파도 무늬 문장들이 가득했다

우화

　유명 건축사는 아름답고 튼튼한 집을 지었다 복층 거실에
벽난로를 놓고 통유리를 끼워 정원과 햇살을 들이고 하늘로
창문을 내어 별이 내려오도록 손수 지었다
　악어의 이빨을 숨긴 명성과 부의 늪에 발목 잡힌 건축사
는 허우적거릴수록 펄의 중심으로 빨려 들었다
　집으로 가는 길마저 잃어버린 그에게 방문들은 모두 잠
긴 채 힘주어 당겨도 열리지 않았다 불 꺼진 거실은 어둠의
무게로 가라앉았다

　건축사의 몸에 섞은 펄 내가 벌벌 풍기던 날 가족들은 바
람 속으로 흩어졌다 늦은 밤 다락방에서 잠을 깬 건축사는
무너진 지붕 틈에 낀 한 마리 나방을 보았다 껍질 벗은 나방
한 마리 캄캄한 밤하늘로 빠져나가는 모습을 보았다

길

몸속에 담았다
희게 굽이치며 산모롱이 돌아가는 길

잠파노와 젤소미나*의 유랑 같은 슬픔을 뒤란에 감추고
하늘을 신전처럼 떠받치는
헤르메스** 어깨처럼 단단한 길

스무 살 봉오리 열리기를 기다려 주던 푸른 바람 한 줄기
길 위에서 전송하고 오던 날
아내 잃고 울던 옆집 아재 모습도 모롱이 너머 사라졌다

바람의 숨구멍이 길의 뒤편에 동굴처럼 뚫려 있었다

풀꽃 향기가 마을의 골목과 지붕을 덮을 때
길섶 듬성듬성 서 있는 은행나무 가지마다
황금 모자를 걸어 두는 꿈을 꾸었다

가난으로 배 부풀은 가방을 등에 지고
바람 동굴을 걸어 나온 해부터
몸속에 담아 둔 길을 꺼내 자주자주 만지작거린다

>
길은 언제나 길 밖에서 나를 보고 있는데

점화

겹겹 짙은 안개는 길을 집어삼켜 왔던 길도 가야 할 길도 지워졌다 선 자리가 벼랑 끝인지 바닥인지 알 수 없어 사방 두리번거렸으나 한 줄기 빛도 들지 않았다
무게 없는 안개가 이처럼 견고할 줄이야

맘에 담아 둔 성지가 있었다 중생의 업 보따리 대신 돌 갓을 쓴 채, 천년 노숙으로 건너와 공산의 관봉 끝, 하늘 한 자락 베어 깔고 앉으신 석불이 머무신 곳 천삼백 돌계단이 허공에 길을 내고 서 있다 복사뼈 붉게 물들고 종아리 부어올라도 억겁의 발자국으로 다지고 깎인 하늘 사다리 올라 간절함이 닿기만을 원했다
―한 줄기 빛을 원할 뿐입니다

웅크린 영혼에 한 점 불꽃이 타오르기 시작했다 겹겹 둘러쳐진 안개의 장막이 한 겹씩 한 겹씩 녹아내리고 알 수 없는 뜨신 신명이 전신을 지핀다
허공이 그렇게 맑을 줄이야

울음의 숲 거닐다

쓸쓸한 그림자 데리고 나온다

길섶 바위에 돋은 이끼가
먼저 간 아이의 뺨처럼 촉촉해 뺨을 비벼 본다

바람을 안고 숲길을 달리던 한때
풀꽃과 소나무 가지들 덩달아 공중을 달리고
새 떼들은 구름 위를 비행했다

새의 깃털 같은 생각의 잔가지들
나무 벤치에 앉아 한 가닥씩 뽑아 숲속에 떨어뜨린다
그리움의 솜털도 털어 낸다

소나기처럼 쏟아지던 매미 소리 잦아들고
하루를 마친 해가 산그늘 뒤로 몸을 눕힌다

매미의 허물은 울음의 관이다

다 울어 버린 매미가 저녁을 거둔다

숲이 가지를 술렁이며 앞마당까지 따라온다

제4부

해변의 돌

바닷가 새벽 산책길에서
발가락만 살짝 내놓고 풋잠 든 돌을 보았다

엄지가 유난히 크고 발볼이 넓어
내 발 모양을 꼭 닮았다

이른 새벽 물질을 하고 온 듯 뒤꿈치가 축축했다

데려와 침대 옆 탁자 위에 얹어 놓았는데
밤마다 이불 밖으로 나온 내 발을 데리고
돌은 어디를 갔다 오는지

아침이면
머리맡에 지친 파도 한 자락씩 쓰러져 있고
발치 아래 잔모래가 흩어져 반짝거린다

돌의 발바닥에
파도의 지느러미가 스쳐 간 길들이 소복하고
내 발바닥에 바다를 건너온 바람의 길들이 소복하다

그믐처럼

어둠과 아버지는 동무였네
그렇게 실하지도 않은 아버지의 팔뚝이
오는 어둠을 꽉 껴안기도 하고 슬쩍 밀치기도 했네

젖먹이 동생을 업은 어머니는
캄캄한 동공 속에 아버지의 뒷모습을 꽂아 넣고
그믐처럼 서성이었고
나의 언 발은 그믐처럼 시들었네

아버지는 내게 등을 내주었는데
어둠이 먼저 와 혹처럼 업혀 있었네

공황장애를 앓는 긴 터널을 뚫고
한 마리 새가 새벽의 상한선을 그을 때
희고도 붉은빛을 낳아 줄 거라며 아버지 말씀하셨네

나는 그믐 같은 길을 그믐처럼 걸었네

숲처럼 무성하던 아버지의 검푸른 머리숱과
솔가지처럼 검게 꿈틀거리던 양쪽 눈썹을

어둠이 모두 지고 떠났네
등에 업혔던 짐도 동무의 징표처럼 지고 갔네

아버지의 머리카락과 눈썹이 눈처럼 햇살에 반짝거리고
있었네

눈

자작나무 숲길과 들판을 빨아들인 채
흰 털 짐승처럼 눈은 몸집을 불렸다

강한 눈빛의 반사로 시야는 가려져
부패를 모르는 장막 속에 우리는 가두어졌다

사랑은 눈의 숙명과 같았다

태어난 자리가 공중이다
바람의 손을 따르는 허공의 자식들처럼

서리꽃 다발로 피던 날
절정의 풍경에 잠드는 것은 질척이지 않아서 좋아
자작나무 숲으로 그가 들어갔다

자작나무 긴 속눈썹마다 눈이 매달려 있다
가지들이 바람에 몸을 떨었다
가벼워지기 위해 털어 내는 눈 눈물들

나의 겨울은 가지 않았다

\>

얼룩을 남기지 않겠다는 그의 말처럼
숲으로 난 발자국이 녹지 않았다

작은 여인

산모퉁이 돌아 여자가 내려온다
머리에는 제 몸통 크기만 한 함지박을 이고
등에는 아이를 매달았다

함지박 속에 목이 스며든 여자
목이 없고 납작한 머리통만 어깨에 얹힌 여자
좁고 하얀 길 따라 내려와 내 앞을 스친다

아이 얼굴 잠든 채 모과처럼 이리저리 뒹군다

풀 냄새가 코를 스친다
흙 묻은 푸성귀가 가득한 함지박
오뉴월 땡볕이 벌처럼 여자와 함지박을 쏘아댄다

장터는 아직 먼데
난쟁이 같은 여자
목이 가슴팍으로 스며든 여자

땀에 젖은 발자국 길 위에 질퍽하게 찍힌다

한 점으로

혁신적 거리

1.

집 잃은 개 한 마리 비명도 없이 증발한다
검은 등 위에
바싹 건조된 흰 털 뭉치 한 짝
미화원의 빗자루 끝에 쓸려 나간다
잿빛 비둘기가 과자 부스러기를 쫀다
차갑고 탄탄한 등에
씹다 뱉은 껌딱지가 달라붙는다
바람이 비둘기의 깃털을 털어 보낸다

2.

가로수 가지 사이 나부끼는 플래카드
혁신도시에 오신 여러분을 환영합니다
혁신의 견고한 길은 혁신적 속도로
세상 끝까지 번식한다
대문 밖을 나서는 사람의 목들이
구체 관절 인형처럼 회전하고
머리통 속에 빨강 초록 노랑 신호등이 세워진다
눈동자는 아래위 양방향 깜빡이를 넣는다

길의 도마 위에 바퀴의 칼날이 춤춘다

애견 일기

1.
겨울 밭에 눈 내려
눈처럼 흰 개 한 마리 마음 밭에 묶었다
성대는 버리고 흰 이빨은 꿀꺽꿀꺽 삼키라고
사랑법을 일러 주었다

거울을 보고도 자신을 모르는 개가
내 안에 들어와
털 한 뼘 체온 한 줌으로 나를 묶는다

죽은 혼을 잡고도 평생을 보낸다는데
구멍 난 맘을 꽃잎으로 촘촘히 깁는 심정이라
개가 나를 키워도 내가 개를 키워도 좋았다

2.
꽃 이파리 같은 새끼 두 마리 낳았는데
파종한 꽃들이 바람에 거세당했다
거친 표정 한번 걸어 나오지 않던 개가
비가처럼 송가처럼 우우 울부짖었다
꽃잎 두 장에 너도 묶여 지냈구나

>

나무 그늘에 떨어진 꽃들을 묻으며
붉고 긴 울음의 끈도 같이 묻었다

담배 피우는 아파트

　재개발 복권 한 장 담배 연기로 벅벅 긁어요 삐걱거리는 관절이 직립의 새 탄생을 떠올리며 허공에 연기 풍선을 띄워요

　손 뻗으면 맞닿는 전용면적 15평, 사람은 아주 멀고 담배 연기는 아주 가까워요 205호 근로자 연기가 위층 독신녀 침실에 기어들고 301호 알바생 담배 연기는 옆집 아줌마 허리를 감싸 안아 보고 달아나요 얼굴 없는 연기가 환풍구나 배수관을 타고 둥둥 떠다녀요

　세대 내의 흡연을 주민들께서는 삼가해 주십시오 40년간 흘러나오는 앵무새 멘트가 오늘도 방송을 타요

　마른풀을 베고 누운 화단 모서리에 키 높이 자란 느티나무가 니코틴을 마시며 사십 년 살았어도 이렇듯 건재하다는 듯 덥수룩한 가지를 호기 있게 흔들어요 최신 옵션을 장착한 단지 안에서 왕처럼 군림할 그때를 꿈꾸느라 불거진 옹이에 흐르는 진물은 아직 모르나 봐요

　곰팡이 꽃 자욱한 재개발 아파트 발치에 쌓인 은박지가 별빛처럼 부서지는 밤

　ー미쳐 버릴 악마적 사랑이야

1층 독거 할멈이 돛대*를 꺼내 빨며 중얼거려요

* 돛대: 마지막 남은 한 개비의 담배.

매화의 계절

캄캄한 껍질 안
애벌레처럼 웅크린 채 몸이 굳어 갔다

가물거리는 의식 속에서
아주 잠들어 버리고 싶어

혹한으로 튼 등껍질 사이로
찬바람이 하얀 빛을 한 줌 몰고 들어왔다

탄생의 시작은 빛이라던 당신 말씀이 떠올랐다

머리로 껍질을 힘껏 들이받았다
맵고 세찬 바람이 양 볼을 마구 때렸지만
꽃불이 점화된 전신은 붉게 벙글어 갔다

내가 매화임을 알았다

잔설이 실린 긴 가지가 허공에 깊이 담겨
꽃잎이 한 장씩 열리면서 하늘을 바라보기 시작했다

>

너의 계절이 다시 돌아왔구나

꽃살 무늬 미닫이가 열리고 당신이 나를 보며 미소 지었다

극지

우리를 벗어난 사슴 한 마리 눈밭에 있다
파란 싹은 어디에도 없어
언 밭이 땅을 긁는다

사방 너무 밝아
그늘 한 점 없고
쉬어 갈 그루터기조차 없는데
얼음에 베인 발 핏자국 선명해
발을 핥으며 걷는다

친근한 새끼 냄새 느껴 보려고
바람 부는 방향으로 코를 킁킁거리지만
길은 모두 지워졌다

사슴의 발자국 따라가 보면 폭설이 쏟아지는 들판에서
허방다리 짚으며 헤매던 그녀가 서 있다

강의 딸

다리 아래서 나를 주워다 길렀다고
할머니 말끝마다 이르셨다

땅과 땅의 틈에
물길이 흐르듯
가슴에 샛강이 흐른다

밤마다 물소리에 잠 깨어
한 마리 물고기 되어
지느러미 흔들며 갯버들 헤치고 다녔다

버들치가 물풀 사이에 알을 낳고
흰 고니 긴 부리로 젖줄을 물었다
낮달은 허리 굽혀 멱을 감았다

물길 따라 꽃들이 피는 소리
해종일 강 따라 오르내리며
몸으로 일러 주는 강의 말을 받아 읽는다
내 어머니였다

산 그림자

그 정신병동은 산속에 있다
긴 복도는 어둡고 창문마다 번쩍이는 쇠창살이 박혀 있다
여자는 독방의 남편을 창살 너머로만 보고 온다 했다

온몸의 물기를 짜서
빈곤의 얼룩을 지우고 싶어 했다

늦가을 구절초처럼 앙상한 가슴이
자주 새소리를 흘렸다

손끝이 매운 덕에 일용할 양식은 떨어지지 않겠다 싶었다

노임 받는 마디 굵은 손 하르르 떨리고
검고 서늘한 눈이 글썽거린다

그렇게 흘리고도 남은 물기가 있을까

웃음 아닌 울음인 듯 그림자 던지고 간
자신을 타인의 심장에 꽂을 줄 아는 여자

폐부 깊숙이 들어와 산 그림자로 걸렸다

대미지

자작나무 숲은 저물녘까지도
집으로 가는 길을 일러 주지 않았다

나를 통째 빼앗고도
줄기의 거뭇한 속눈썹이 졸음에 감기며
유리 성처럼 견고하게 서 있었다

소복이 따 담은 산머루 바구니마저
나뭇등걸에 걸려 모두 쏟아 버렸는데
어린 굴뚝새 한 마리 앞섶을 파고들었다

물소리 따라 밤길 더듬어
삐익삐익 반가워 소리치는 내 오두막 사립문을 열었다
먼지 낀 골방 벽에 기대어 떨고 있는 새를 꺼냈다

—돌아갈 수 없어 유리로 된 숲이었어
—기억을 버려라 새야

날갯짓도 못 하는 새가
매일 밤 뾰족한 부리로 제 심장을 쫀다

웃음

꽃 한번 피워 보지 못해
묵은 화분 같던 남자
봄이 다 간 길목에 무슨 조화로
수선화 꽃대 하나 밀어 올렸나

목로주점에서 질겅질겅 적막을 씹던 입
하얀 치열 드러내며 꼬리 귀에 걸리고
근육질의 어깨가 늦둥이 딸 무등 태운다

어화 어화 별을 만져 보랴
까르르 까르르
어화 어화 무지개를 쥐여 주랴
까르르 까르르

천만 개의 웃음 알갱이가 공중에서 부딪히고 부서진다

첫 잎 같은 아이 뺨엔 볼우물 깊이 파이고
남자는 눈가에 물방울 그렁그렁 매단다

어린 수선화의 잔뿌리

남자의 실핏줄을 타고 심장을 돌아

맑은 물기 잦아 올리는 소리

웃음과 눈물은 결국 한 뿌리에서 태어났을까

바람 아재

꺼깍산[*] 장끼 흐들갑스럽게 울던 날
골짜기 바람 타고 홀씨처럼 날아온 아재

훤한 인물 날랜 일손 덕에
안마실 사람들 바람 아재라 불렀지
꺼깍산 참꽃 폭죽 터지듯 하는데
동네 입새 주막에 참꽃 같은 정자 보고
바람 아재 밤이슬 맞으며 문지방 닳도록 들락거렸지

참꽃에 불붙은 아재
몸속 뜨거운 바람 정자한테 부려 놓고
손발 터져 가며 일군 논밭 뙈기 전부 갖다 바쳤지

별도 숨은 그믐밤
새로 난 큰길 따라 딴 사내 달고 야반도주한 정자
안마실 흰 소문 꼬리 물고 동네 몇 바퀴 돌고 돌았지

눈에 쌍심지 켜고
이 마실 저 동네 입소문 따라다니다가
이듬해 봄 장끼 서럽게 우는데

각설이패들 우글거리는 방천 다리 아래
바람 아재 막걸리 주전자 끌어안고 엎드려 있었지

그 봄 꺼깍산 골짝 골짝마다 샛바람 어찌나 불어 쌓던지
참꽃은 또 뭉텅뭉텅 눈물처럼 얼마나 떨어져 쌓던지

* 꺼깍산: 대구 수성구 범어동 민담으로 전해 오는 산 이름.

춤추는 산책로

가녀린 몸매의 여인이
덩치 큰 아들을 안고 계단을 오른다
춤을 추듯
하나둘 하나둘 스텝을 맞추며

아들의 한쪽 팔다리가 시들었다
한 발자국 뗄 때마다 한 박자씩 빠지는 걸음
허공에 매달린다

와르르 무너져 내렸다가 불쑥 솟구치는 한쪽 날갯죽지를
덩굴손이 감아 안고 오른다

고행의 춤사위 무르익어 간다
오른발 왼발 오른발 왼발

불그레하게 취해 흔들리는 길고 구부러진 산책로

노을 물든 벤치가 성큼 그들에게 다가온다

늦깎이 시인이 빚어낸 아름다운 시편들

오봉옥(시인, 서울디지털대학교 교수)

윤송정은 늦깎이 학생이자 시인이다. 그가 스승이랍시고 첫 시집을 출간하고 싶다며 출판사 알선을 부탁했다. 원고부터 보내 달라고 말했다. 수준을 알아야 출판사도 소개할 것 같았기 때문이다. 원고를 보고 깜짝 놀랐다.

얼굴을 보고 나이를 알기는 쉽지 않다. 여성일수록 그렇다. 그러나 작품을 보면 남녀를 불문하고 나이가 금방 드러난다. 하지만 윤송정은 달랐다. 그의 시는 젊었다. 발상이, 상상력이, 표현이 고루하지가 않았다.

궁금해졌다. 시를 얼마 동안이나 썼을까. 뒤늦게 사이버대학에 들어온 이유는 무엇일까. 시는 왜 쓰는 걸까. 대답이 간단했다. 시를 쓰게 된 것은 나이 들어 쓸쓸하고 고독

할 뿐 아니라 불면증까지 있어 뭔가에 몰두할 필요가 있었다는 것. 시는 대학에 들어와서 쓰기 시작했으니 3년 남짓 되었다는 것. 늦깎이 학생이 된 이유는 시를 제대로 한번 배워 보고 싶었다는 것.

고작 3년 남짓 시를 썼을 뿐이라고? 나이 들어 그 짧은 기간에 정상의 기량을 보여 준다는 것은 경이로운 일이 아닐 수 없었다. 그도 그럴 것이 그는 현실과 상상, 시간과 공간을 자유로이 넘나들며 시를 쓰고 있었다. 시를 한번 보도록 하자.

목이 자꾸 자라고 싶은 구두였다

분홍신 제화에서 산 기린 무늬 부츠는
처음 보는 순간 내 발을 입에 물고 놓아주지 않았다

폭신하고 사랑스런 긴 목이
높은 나무 우듬지를 찾아다녔다

허공에 목을 걸어 놓고 사방 두리번거리며
넓은 초원 구석이나 숲속 외진 비탈길에서
키 큰 나무 열매를 훑고 다니는 행보가 고단해
밤마다 긴 목들이 서로 비벼대며 잠들었다

몇 번의 건기와 우기를 건너다니다

아카시아 숲속에서 굽이 툭 떨어져 나간 후
벌어진 밑창에는 흙모래가 비집고 올라왔다

목을 타고 오르는 흙냄새에 코를 킁킁대던 구두가
무겁고 축축한 내 발을 풀어놓았다

땅에 목을 늘어뜨리고
갈라진 밑창으로 흘러 들어오는 소리를 듣는다
뿌리들이 퍼 올리는 물소리
애벌레들이 사각거리며 허물 벗는 소리

오늘도 현관 구석에 엎드린 늙은 기린 한 쌍 버리지 못했다
                              —「기린과 부츠」 전문

    표제시이기도 한 이 시는 뛰어난 비유의 솜씨를 보여 주
고 있다. 시적 화자의 바람이 "기린"의 존재와 "구두"라는
사물에 투영되어 있는 이 시는 욕망의 변증법을 보여 준다.
화자의 욕망은 "기린"의 목처럼 높은 곳을 지향한다. 그리
하여 시적 화자는 높은 곳으로 나아가기 위해 "기린 무늬 부
츠"를 사게 되고, "높은 나무 우듬지"만을 찾아다닌다. 하
지만 욕망은 자신의 바람일 뿐 현실화되지 않는다. 하루 온
종일 "키 큰 나무 열매를 훑고" 다니는 화자의 굽 높은 "구
두"는 욕망을 충족하지 못한 채 집으로 돌아와 "긴 목들이
서로 비벼대며" 잠이 든다. 욕망의 좌절은 현실에서 비롯된
다. 현실은 냉혹하다. "몇 번의 건기와 우기"를 지나는 동

안 말없이 지켜보던 현실은 "아카시아 숲속"에 이르러 구두의 높은 "굽"을 부러뜨린다. 그러면서 현실이란 무엇인지를 상기시킨다. "흙모래"가 범벅일 수밖에 없는 현실은 도달할 수 없는 욕망이 얼마나 허망한 것인지를 상기시키면서 "무겁고 축축한" 발을 풀어놓는다. 욕망의 상징인 "구두"는 "땅에 목을 늘어뜨리고/ 갈라진 밑창으로 흘러 들어오는 소리"를 들으며 깨달음을 얻는다. "뿌리들이 퍼 올리는 물소리"와 "애벌레들이 사각거리며 허물 벗는 소리"는 깨달음의 비유다. 시적 화자는 "뿌리들이 퍼 올리는 물소리"를 들으며 현실을 자각한다. 그리고 "애벌레들이 사각거리며 허물 벗는 소리"를 들으며 자신을 반성한다. 눈이 높은 자신을 반성하며 겸손을 배운다. 도달할 수 없는 욕망을 추구하며 살아온 자신을 반성하며 자신을 더 낮은 곳에 두고자 하는 것이다. 흥미로운 것은 이 시의 마무리다. 현실을 자각하고 스스로 반성하기도 한 시적 화자는 그럼에도 불구하고 욕망의 상징인 "기린 무늬 부츠"를 버리지 못한다. 이 시는 사람을 멍하게 한다. 시를 읽고 난 뒤에도 한동안 욕망에 대해 생각게 한다. 욕망이 무엇이길래 현실적 자각과 깨달음을 얻은 뒤에도 버리지 못하는 것일까. 욕망의 순기능과 역기능은 무엇일까. 사람은 죽는 순간까지 더 살고 싶다는 갈증을 느낀다고 한다. 인간은 인간이기에 고상하게 살 권리가 있다고도 한다. 백석 시인은 그런 감정을 '가난하고 외롭고 높고 쓸쓸하다'고 표현한 바 있다. 현실 속에서 자신은 가난하고 외롭고 쓸쓸하지만 정신 지향만큼은 높다는 것이다.

"기린 무늬"가 그려진 오래된 부츠를 버리지 못하는 화자의 마음이 가슴을 아리게 한다. 이 시가 화자 자신을 "기린"에 투영하고 있다면 「도심의 블루」는 '고래'에 투영하고 있다.

다리를 포기하고 꼬리지느러미를 선택한 고래를 생각한 다 제 모습을 좀처럼 보여 주지 않던 고래가 지난밤 검푸른 파도를 물고 나에게 왔다 물결무늬 천장과 벽이 온통 전율 했다 그의 지느러미가 나를 난바다로 데리고 갔다

지느러미와 등껍질의 감촉이 낯설지 않고 포유류의 숨소 리와 비린내가 코에 배었다면 전생에서 이생으로 건너올 때 고래의 옷으로 바꿔 입은 나의 종족일 수도 있다 그의 늑골 이 출렁이는 바다를 길어 올려 분수공을 쏘아 올린다 비상 하는 파고를 부수어 무지개를 짓는다
그랑블루그랑블루 파도는 몸통을 올려 주는 장대였다 까마득히 높은 방파제를 높이뛰기 선수처럼 뛰어넘는 그를 보았다 수심이 얕은 바다는 그의 집이 될 수 없다 무현금의 수평선과 녹슬지 않고 철썩거리는 심해만이 천만 년 유전 자를 받아 적는 서사가 된다

부레가 없는 당신과 나, 도심의 바다를 향해 분수공을 쏘아 올린다
우리는 고래와 한 무리가 된다
— 「도심의 블루」 전문

바다와 도심, 고래와 시적 화자의 등치가 흥미롭다. 고래는 바다의 최상위 포식자이고 인간은 육지의 최상위 포식자이다. 그러나 고래는 인간과 달리 바다의 지배자가 되려 하지 않고 한 몸이 되어 살고자 한다. 고래가 바다와 한 몸이 되어 "까마득히 높은 방파제를 높이뛰기 선수처럼" 뛰어 넘으며 비상하려 할 때 파도는 "몸통을 올려 주는 장대"가 된다. 그런 그에게 "수심이 얕은 바다"는 집이 될 수 없다. 무한히 넓은 "수평선과 녹슬지 않고 철썩거리는 심해만" 그의 서사를 기록할 수 있다. 넓은 바다를 가르며 나아가는 "고래"는 자유의 상징이다. 그것은 끊임없이 자유롭고자 하고 비상하고자 하는 인간존재를 아프게 대비시킨다. 마찬가지로 바다와의 조화 속에서 살아가는 "고래"의 삶은 또 자연을 대상으로 삼아 물질문명을 발전시켜 온 인간 세상을 아프게 환기시킨다. 시적 화자의 바람은 "고래와 한 무리"가 되어 "도심의 바다를 향해 분수공"을 쏘아 올리며 "비상하는 파고를 부수어 무지개"를 짓고자 하는 형상으로 드러난다. 이 시는 바다와 도심, 고래와 인간을 등치시켜 많은 것을 생각게 할 뿐 아니라 말놀이를 통해 또 다른 재미를 안겨 준다. "그랑블루"는 프랑스어로 "바다"라는 뜻인데 이 시는 문장 앞에 "그랑블루"라는 단어를 반복 배치함으로써 흥을 돋우기 위한 조흥구로 활용한다. 무한히 넓은 수평선을 "무현금의 수평선"으로 표현하고 있는 점도 흥미롭다. 눈에 보일 듯한 "수평선"을 줄 없는 거문고 같은 수평선이라고 하니 표현의 재미도 있을 뿐 아니라 "바다"를 보다 더 역동적으로 느껴지게 만드는 듯한 효과를 자아낸다.

두 평짜리 옷 가게에 토르소 두 개가 있었다

마술사가 검정 보자기를 씌운 사각 상자에서
튤립을 연신 꺼내던 모습을 떠올려
튤립의 집이라 이름 지었다

투명한 지붕 위 늘 구름이 둥둥 떠다녔다

토르소 목에 목걸이를 걸어 주고
구름의 끈으로 여러 개의 얼굴을
하루에도 여러 번 붙이고 떼고 붙이고 떼고

얼굴이 없어 더 많은 얼굴을 가질 수 있고
손목이 없어 더 많은 새를 부를 수 있다며
모습이 다른 옷들을 바꿔 입히면서 속삭였다

지붕 위에서 회색 구름이 자주 비를 게워 냈지만
토르소 허기진 속이 어미의 배 속 같았는지
구름과 비를 받아먹으며 구근이 여물어 갔다

노란색이면 좋겠다고 생각하는 날
나는 토르소의 목을 열고 노란 모자를 쓴 튤립을 꺼냈다

마술처럼 노란 봄이 튀어나왔다

—「튤립의 집」 전문

　이 시도 표현의 재미를 구가하는 작품이다. 화자는 "튤립의 집"이라는 옷 가게의 주인이다. 가게에는 머리와 팔다리가 없이 몸통만으로 된 조각상 두 개가 있다. 가게 주인인 시적 화자는 마술사가 되어 이 얼굴 없는 마네킹을 변신시킨다. 하루에도 여러 번 "토르소 목에 목걸이를 걸어 주고/ 구름의 끈"으로 여러 개의 옷을 갈아입히면서 새로운 모습을 연출한다. 마치 "마술사가 검정 보자기를 씌운 사각 상자에서/ 튤립"을 연신 꺼내듯이 새로운 모습을 보여 주는 것이다. 마술사가 된 화자는 토르소의 귀에 대고 "얼굴이 없어 더 많은 얼굴을 가질 수 있고/ 손목이 없어 더 많은 새를 부를 수 있다"며 속삭이고, 어느 날엔 "노란색" 옷을 입혀 화려하게 변신시킨 뒤 "노란 모자를 쓴 튤립"을 품에서 꺼낸다. 마술사인 화자가 노란색 튤립을 꺼내자 "마술처럼 노란 봄"이 튀어나온다. 이 시의 재미는 상황을 바꾸지 않고 사물의 배후에 숨겨진 신비를 포착해 표현함으로써 작품 전체를 신비로운 분위기로 탈바꿈하는 데 있다. 시적 화자는 마술사가 되어 현실에서는 있을 수 없는 일을 연출하며 대수롭지 않다는 듯이 말한다. 신비로 감싼 이 시의 또 다른 재미는 화자의 진술 속에서 그 내면의 심리가 어렵지 않게 읽힌다는 점이다. 시적 화자는 옷 가게를 열면서 고객들에게 마술을 보여 주듯 늘 새로운 모습을 보여 주고자 한다. 때

론 마네킹 "목에 목걸이를 걸어 주고/ 구름의 끈으로 여러 개의 얼굴"을 하루에도 여러 번 붙이고 떼면서 새로운 모습을 연출하고자 하는 것이다. 신비로운 분위기를 연출하고자 하는 화자의 행위엔 옷을 파는 것이 아니라 환상을 팔고자 하는 들뜬 마음이 배어 있다. "토르소"에는 화자가 투영돼 있다. "지붕 위에서 회색 구름이 자주 비를 게워 냈"다는 진술은 어려운 현실을 일컫는 비유적 표현이고, "토르소 허기진 속이 어미의 배 속 같았는지/ 구름과 비를 받아먹으며 구근이 여물어 갔다"는 진술은 화자의 고단한 삶을 일컫는 비유적 표현이다. 시적 화자는 어려운 현실 속에서 고생을 하면서도 또 다른 시적 자아라고도 할 수 있는 마네킹을 향해 "얼굴이 없어 더 많은 얼굴을 가질 수 있고/ 손목이 없어 더 많은 새"를 부를 수 있는 것 아니냐며 위로한다. 그렇듯이 표현미가 뛰어난 이 대목은 시적 화자의 정서가 깔려 있어 가슴을 싸하게 한다. 이 시의 마무리도 재미를 배가한다. 흔히들 '옷의 색에 따라 기분이 달라진다', '봄은 여자의 옷차림에서 시작된다'는 말들을 하곤 한다. 그것을 이 시의 마무리는 "토르소"의 몸에 "노란색" 옷을 입히자 "마술처럼 노란 봄이 튀어나왔다"고 비유적으로 표현을 한다. 사물의 배후에 숨겨진 신비를 포착해 그것을 절묘한 비유로 보여 주고 있는 이 시는 읽을수록 맛깔난 시이다. 다음의 시도 말다룸의 솜씨를 잘 보여 주는 작품이다.

어느 골짜기 얼어붙은 영혼이었다가

누가 부르는 듯 사방 푸르게 피어오른다

긴 혓바닥 뻗어
달려오는 길을 한입에 삼켜 보고
호수에 발 담근 버드나무 머리채
꽁꽁 감싸 안아 보기도 하는데

근육 없는 심장
누구도 관통하려 들지 않는 슬픈 광기

허공에 머리만 내놓고 둥둥 떠가는
저 높은 사원의 탑
긴 다리가 바닥을 짚을 때
일출의 문짝에 끼어
햇솜처럼 갈라져 바닥으로 스미는

잠깐의 방황이 생애 전부인 것들
　　　　　　　　　　　　　　—「안개」 전문

　이 시는 안개의 생애를 이미지 중심으로 풀어낸 시다. 이
미지는 전달하고 싶은 바를 가장 효과적으로 드러내는 방
법 중 하나이다. 이미지란 시인이 감각적으로 그려 낸 상이
다. 이게 얼마나 실감을 얻느냐에 따라 작품의 성패가 결정
되곤 한다. 이미지의 실감은 주로 신선함, 강렬함, 그리고
환기력 등에서 나온다. 이 시에서 가장 신선함을 주는 곳은

안개를 "근육 없는 심장"이라고 표현한 대목이고, 강렬함을 느끼게 해 주는 곳은 안개에 "누구도 관통하려 들지 않는 슬픈 광기"가 서려 있다고 표현한 대목이며 또한 강력한 환기력을 불러일으키는 곳은 안개를 "잠깐의 방황이 생애 전부인 것들"이라고 표현한 대목이다. 이 마지막 대목은 회화적으로 끌고 왔던 이 시의 분위기를 일시에 바꾸어 주는 역할을 수행한다. 안개에 "슬픈 광기"가 있고 그 생애 자체가 "잠깐의 방황"일 뿐이라고 하니 이 세상의 하찮은 존재들을 환기하게 된다. "안개"를 하찮은 존재로 표현을 하니 인간 존재를 생각게 되고 나 자신까지를 돌아보게 된다. 인간의 존재는 과연 지구, 자연에 긍정적일 수 있는가. 아이러니하게도 우리는 인류가 발전할수록 빠르게 파괴되는 지구를 목도하고 있다. 어떤 학자는 현재 지구의 멸종 속도가 자연 상태에서의 멸종 속도보다 최소 천 배 정도 빠르다고도 말한다. 인간만 해도 광활한 우주의 차원에서 보면 하찮은 존재에 불과한데 그런 존재들이 지구의 멸망 속도를 가속화시키고 있다니 씁쓸한 일이 아닐 수 없다. 우주의 시간, 자연의 시간으로 볼 때 인간은 참으로 보잘것없는 생명체에 불과하다는 점에서 "안개"의 생애와 하등 다를 바가 없다. "안개"는 이 세상으로 나와 '긴 헛바닥 뻗어/ 달려오는 길을 한입에 삼켜 보고/ 호수에 발 담근 버드나무 머리채'를 꽁꽁 감싸 안아 보기도 하며 "광기" 어린 삶을 살아가다가 "일출"이 되면 "햇솜처럼 갈라져 바닥으로 스미는" 슬픈 운명을 지니고 있다. 그것은 우주의 시간, 자연의 시간으로 보면 "잠깐의 방황"에 불과한 시간이 될 뿐이다. 불교철학의 관점에서 볼 때 "안개"의 생애는 인간의 생애와 흡사하다. 불교에서는 인간의 삶을 '고행'으로 보는데 그것은 이 시에서의 "슬픈 광기"와 등치되고, 인간의 시간은 그저 스쳐 지나가는 '찰나'에 불과할 뿐이라고 말하고 있는데 그것은 이 시에서 "잠깐의 방황"이라는 표현과 등치되어 드러난다.

첫 시집을 출간하는 윤송정에게 믿음이 가는 것은 고른 기량을 유지하고 있다는 점이다. 『기린과 부츠』에는 읽어 볼 만한 시편들이 많다. 건망증을 실감 나게 표현한 「야누스」, 이명을 앓는 어머니를 연민의 눈으로 노래한 「이명」, 이야기의 재미를 만끽하게 해 준 「윙컷」, 난민 소년을 노래한 「쿠르디」, 시적 실감과 함께 뛰어난 표현미를 자랑하는 「홈 타운」, 남동생의 죽음에 빗대어 태풍의 피해 상을 노래한 「빈 둥지 증후군」, 뛰어난 비유의 솜씨를 통해 그리움의 정서를 노래한 「파도의 문체」, 가슴 저린 형상을 보여 주는 「춤추는 산책로」 등이 그러하다.

늦깎이 시인으로 등장해 뛰어난 시편들을 보여 준 몇몇 시인들을 떠올린다. 나이와 관계없이 팽팽한 긴장을 보여 주는 문장, 기발한 발상, 젊은 시인들을 압도하는 상상력, 가히 표현의 귀재라 불릴 만한 능력 등등. 윤송정은 그런 시인들의 계보를 이어 갈 만한 자질을 갖추고 있다. 정진 또 정진하여 좋은 시인으로 거듭나길 바란다.